KB103369

길기만 느껴졌던 하루는

아름답고도 참 슬프다

길게만 느껴졌던 하루는
아름답고도 참 슬프다

Chapter 1

panacea

익숙함

얼굴, 목소리, 말투, 행동과 습관까지
어디 하나 낯설지 않은 사람

누군가에겐 모날지 몰라도
나에게는 모나지 않은 사람

표정만 봐도 알 수 있을 정도로 익숙한

이젠 없으면 허전해지는 익숙함

친구라는 것

자신의 감정을 솔직하게 털어놓을 존재는
누구에게나 필요하다

모두 털어놓지 못하고 마음속에 담고 있으면
점점 더 무거워져서
더 이상 일어설 수 없는 상태가 된다

그렇기에,
네가 나에게 모든 감정을 털어놓기를 바라는데
너는 아직 내가 미덥지 않은 것 같다
아직 감정을 털어놓을 만큼
가까운 사이는 아니라는 뜻일까

적당히 선을 그으며 애매하게 대답하는 너는
아직 나와 친구는 아닌 걸까

네가 힘들지 않았으면 좋겠는데
나는 너와 친구가 되고 싶은데

시간

시간은 계속해서 흐른다
그 시간 속에서 떠나는 사람도
남아있는 사람도 있다

떠난 사람도 친구
떠나지 않은 사람도 친구

떠난 사람은 지나간 시간의 친구
떠나지 않은 사람은 여전히 흐르는 시간의 친구

시간이 흐르면서 많은 만남과 헤어짐을 반복한다

지나간 사람은 길을 가다가
잠깐 쉬게 해준 나무 그늘,

어디 하나 필요 없는 친구는 없다
혹시나 떠났을지라도
그 사람이 지나간 시간에
소중한 추억으로 남는다

소중한 존재

네가 없는 세상은 참 지루하다

같이 웃으며 걷던 길도
혼자 걸으면 왜인지 무표정이다

같이 읽던 책도
혼자 읽으니 재미가 없다

같이 하던 공부도
네가 없으니 뜻대로 되지 않는다

하루를 마무리할 때도
네가 없으니 털어놓을 사람이 없다

?

답은 정해놨으면서
원하는게 있으면서
믿지도 않을거면서
왜 물어봐

퍼즐 맞추듯 끼워 넣을 거면서 왜 물어봐

위로하는 척 금방 돌아설 거면서 왜 다가와

잠깐 생각하고 잊을 거면서 왜

나 혼자 설레발 치기 싫으니까
외롭게 할 거면 물어보지 마

별그림

사람이 죽어서 별이 된다면
저기 그 어떤 별들보다도
찬란하고, 아름답게 빛나는 별
그 별보다도 밝게 빛나는 별이
네가 되지 않을까

아이러니

비슷하면서 비슷하지 않고
맞는 것 같으면서도 틀린 것 같은
정답이란 없는 이 관계의
아이러니함이 나쁘지 않다

네가 싫다고 하면 거짓이겠지만
네가 좋다고 표현하는 것보다
의미가 있는 것 같아서
특별해 보여서

이 아이러니함이 좋다

손인사

운동장 한가운데
따가운 햇살을 받으며

멀리 건물에서부터 뛰어나오는
너를 가만히 바라보다가

해맑게 웃으며
손을 머리 위로 올려 흔드는 너를 따라
나도 힘차게 손을 흔든다

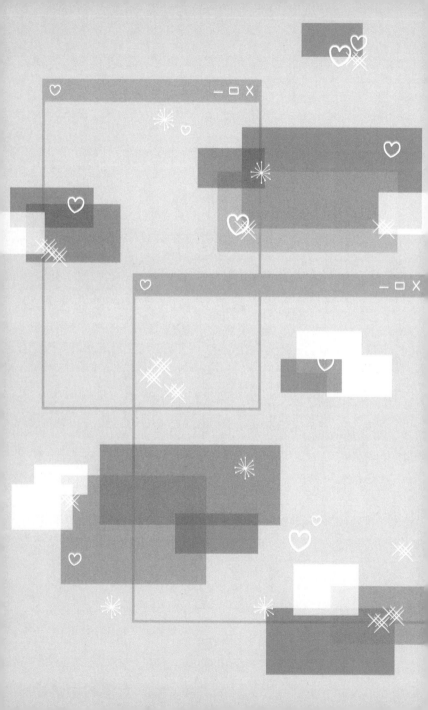

사계

하루 24시간 일주일 한 달 일 년 365일
하루도 너와 함께하지 않은 적이 없는

일주일 학교에서 보면서 주말에 또 만나고
만나지 않는 날이면 전화 통화도 하고

작은 종이에 아무런 말이나
적어서 던지고

쉬는 시간마다 만나서 떠들고
제일 먼저 소식을 전하고

좋은 추억을 떠올리면 네가 없는 장면이 없던
우리의 계절

Panacea

행복을 느낄 땐 배로 만들어주고
슬픔을 느낄 땐 별거 아닌 말
한마디 한마디로
슬픔을 사라지게 해주는

기쁨과 슬픔을 동시에 느낄 수 있고
익숙함과 새로움을 넘나드는

어떠한 마음의 상처도
낫게 해주는 만병통치약

눈꽃

하늘에서 내리는 눈꽃은
눈일까 꽃일까,

아무렴 어때

눈이든 꽃이든
너랑 같이 보면 즐겁지 않을까

자?

안자는사람?

자지마 나랑 밤새자

얘들아 나 심심해 놀아줘

싫어

ㅠ 차였어

저리가라

자니?

자?
안자는사람?

자지마 나랑 밤새자
애들아 나 심심해 놀아줘

싫어

ㅠ 차였어

저리가라

작은 선물

어둠이 낮게 깔린 조용한 밤
하늘에 수놓인 별들을 세어본다
맞은편 창문에서 별을 세고 있던 너와
눈이 마주친다

눈이 마주친 너는 내게 밝게 인사를 건넨다
조용한 밤이 깨지 않게
밝지만 숨죽여서

어차피 매일 보지만
이렇게 예상치 못한 만남은

서로에게 작은 행복을 선물해준다

피아노

피아노를 치는 너를 바라보며
감미로운 선율에 잠겨본다

나라면 엄두도 못 낼 곡들을
아름답게 두 손으로 소화해내는 너

하루하루가 지날수록
양파를 까듯이 하나하나 새로운 매력이
발견되는 네가 너무 좋다

Serendipity

너를 만난 건 뜻밖의 행운이었다
어쩌면 만나지 못했을 수도 있는 우리는
만나길 잘한 것 같다

의도하지 않았지만
자연스레 친해진 우리가
인생 최대의 뜻밖의 행운일걸

네 잎 클로버가 전해주는 행운보다도
더 큰 행운이 우리일걸

Isn't Simple

난 간단한 게 좋다
어떤 것이든 하나로 끝나는 것

근데 이건 절대로 하나로 끝나지 못한다
그래도 나는 좋다

간단하지 않아도 좋다
복잡한 게 오히려 좋을 때도 있으니까

예를 들면 우리 같은 거

사랑하는 친구들에게

이젠 이게 너무 당연해져서
너희가 없는 하루는 상상하지도 못해

매일매일 대화를 나누지만
대화를 해도 해도 또 하고 싶은

어떤 사소한 고민거리도 다 털어놓고
따뜻한 위로와 현실적인 조언들
조금은 엉뚱하고 이상한 대답들도
하나하나 소중하지 않은 게 없어

너희가 있어서 아름답고
너희가 있어서 슬프기도 하고
너희가 있어서 길게만 느껴지는 하루를
행복하게 마무리 할 수도 있어

시답잖은 농담부터 깊이 있는 대화까지
단 하나도 버릴 게 없어

이상한 첫인상, 이상한 첫 만남
다 상관없고 지금의 너희는
나에겐 없어선 안 되는 사람들이지

어쩌면 세상이 아름다운 것도 너희들 때문이 아닐까

Chapter 2

pansy

하늘

높디높은 하늘은 내 마음을 알까

한없이 밝은 하늘은 내 마음을 알까

티 없이 맑은 너는 내 마음을 알까

그저 그런 일들

처음엔 그저 그랬는데
별거 아니었는데
그냥 넘기는 일이었는데

스쳐 가는 감정으로 알게 됐다
결국은 너에게 감겨버렸다

사실은 그게 아닌데

매일 밤 잠들며 너를 생각해
그래서 매일 꿈에 네가 나오나 봐

달빛이 나를 비추면 내 꿈이 너에게
보일까 봐

네 앞에선 아무렇지도 않게 행동해
사실은 그게 아닌데

마음의 소리

너는 하루가 갈수록 아려오는 내 마음을
알면서도 모른척하는 걸까
정말 모르는 걸까

엉킨 실처럼 정신없이 시끄러운
내 생각을 읽고 있는 걸까
아니면 모르는 걸까

하루하루 나를 재촉해오는 네가 너무 싫다

사랑海

시원한 파도 소리와
발끝을 간지럽히는 모래사장
멀리 바라보면 끝이 없는 바다

사랑이란 바다에 빠지면
숨쉬기 어려워진다
너를 더 원하게 된다

장미꽃 한 송이

너에게 장미꽃 한 송이를 내민다

왜 이제야 왔냐고
왜 이제야 내 앞에 나타났냐고
왜 이제서야
내 눈에 너를 비추게 해주냐고

장미꽃 한 송이로 전한다

넌 개가 좋아?

몰라

이유는?

좋아한다고 안 했는데 아직

이유는 없어?

아직 좋아한다고 안했다고

이유 없이 좋으면 사랑이래

panacea

Isn't Simple

Serendipity
pansy

OʌO

petrichor

Evanescent

sunflower

해바라기

오직 당신만을 바라본다고 약속합니다
당신도 나만을 비춘다고 약속해주세요

당신이 나를 외면하면
결국에 나는 시들 것이 분명하니까

나의 빈공간을 채우는 너를 사랑한다

나의 한 켠에 비어있는 공간은
누군가에게 채워지길 바라고 있다
사람의 따스함을 알고 있기에
더 채워지길 바라고 있다

사랑의 아름다움을 알고있기에
더더욱 채워지길 바라고 있다

그런 나의 한 켠에 조용히 자리 잡은 너는
차가운 한 켠을 따듯하게 만들어준다

네가 너무나 작고 소중해서
매일매일 조심스레 살펴본다

차가운 한켠을 아름답게 바꾸는 너는
나의 한 켠에 작은 새싹을 심었다

조용한 어둠만 가득했던 차가운 한 켠에
아무것도 없던 빈공간에
아름다운 푸른빛 안개꽃을 틔운 너를

아무것도 없던
나의 빈공간을 채우는 너를 사랑한다

여름이었다

졸리다
지나가는 개미를 보며 생각에 잠긴다

뒤에서 소란스러운 움직임이 들린다
어설픈 몸짓에 놀라는 척을 해준다

그러면 너는 좋다고 웃어 보인다
해맑은 그 웃음이 나를 무방비하게 만든다

항상 곁에 있을 거라 생각했던 너도
이제는 곁에 없다

너를 당연하다 생각했던 내가
정말 원망스럽다
너에게 좀 더 잘 대해줄 걸 생각한다

떠난 사람을 두고 후회해 봤자 어쩔 수 없는 것이지만
너의 마지막 말은 끝까지 잊지 못할 것이다

너를 지울 순 없겠지만
나를 없애진 않을 것이다

Evanescent

네가 눈앞에 있지만
손을 뻗으면 아무것도 잡히지 않고
말을 걸면 아무런 말도 돌아오지 않는다

그제서야 어두운 그림자에 가려진
너의 환영을 떨쳐낸다

그리고 나서 아무것도 없는 공간을
멍하니 바라만 본다

아지랑이

잊으려 해봐도
아지랑이처럼 피어나는 기억들이
무더운 여름날처럼
숨이 턱턱 막히게 만든다

떨쳐내려 해봐도
여름밤 울리는 매미 소리처럼
귀에서 맴돌며 떠날 생각을 안 하는
너의 목소리가
어두운 밤까지 잠들지 못하게 만든다

지금은 여름이 아닌데
차디찬 겨울인데
아지랑이는 사라질 생각을 하지 않는다

자각몽

끝도 없이 아름다운 바다 앞에
노을 지는 해변 풍경을
더 아름답게 만들어주는 너

그리고 너를 바라보고 있는 나

내 시선을 의식한 건지 돌아보고서
내 이름을 부르는 너

이토록 따듯한데

그리고 깨닫는다

'아 꿈이구나'

겨우

이른 새벽에 눈이 떠졌다
너를 그리워하다 잠들고
너 없이 맞는 첫 번째 아침이었다

겨우 너 하나 없어진 건데
이리도 허전할 수가

있어야만 할 것이 없어진 기분이 든다
유리가 없는 창문같이
구멍 뚫린 마음에
찬바람이 무자비하게 밀려온다

겨우 너 하나 없는건데

아직도 너를 지울 순 없지만
나를 버리진 않았다

상사화

너는 내 존재의 의미였고
너는 내 세상이었고
너는 내 전부였다
너도 그런 줄 알았는데

널 끝까지 놓지 않았다
눈치가 없던 건지, 알면서도 애써 모른척했던 건지

눈이 오는 날이였다, 결국 네가 먼저 나를 놓았다
대꾸할 새도 없이 갓 내린 눈송이처럼 사라졌다,
쌓아온 시간과 너마저도

네가 후회하고 있었으면 좋겠다
나는 아직 널 생각하고 있는데

걸을때 마다 풀리는 왼쪽 신발끈이 거슬렸다
널 생각하면서 걷기도 벅찬데
자꾸만 풀린다, 아무리 묶어도 다시 풀리는 게
꼭 과거의 너와 나 같았다
이젠 더 이상 묶을 수도 없지만

눈이 온다, 네가 떠날 때도 그랬는데
눈송이가 손에 내려와 사그라든다

이제는 눈이 오는 계절도 지나갔다
꽃들이 존재를 알리고, 날이 따듯해진다
녹지 않고 남아있던 눈들도 녹아갔다

계절이 지나도 여전히 풀리는 신발끈은…
'오른쪽이네'
무의식적으로 든 생각이었다
계절이 바뀌면서 변한게 있긴한건지
항상 왼쪽만 풀리던 신발 끈이었는데

✦✦✦✦

"왼쪽 신발 끈이 풀리면 자신이 붙잡고 싶은 사람이 있는 거고
오른쪽 신발 끈이 풀리면 자신을 붙잡고 싶은 사람이 있는 거래"

Chapter 3
drizzling

하늘에서 보슬보슬
부슬비가 내린다

제자리걸음

매일매일 제자리걸음만 하는 나에게
실망하고, 자책하고, 미워하다가
시간이 다 흘러버렸다

남들은 저만치 앞에 갈 때
혼자 제자리걸음만 한다

보랏빛 은하수

눈을 감고 검은 하늘에 일렁이는
보랏빛 은하수를 상상해본다

검은 하늘에 유유히 흔들리는 은하수를
잡아보려 손을 뻗어본다

아무리 손을 휘저어도
멀리 하늘에 흔들리는 은하수는
잡힐 생각을 하지 않는다

성장통

지금 이토록 아픈 건
내가 잘못해서가 아니라
성장통 때문이라고 생각한다

아니 성장통이다

수많은 날들과 다양한 사람들을
만나고 헤어지며 겪는

성장통일 뿐이다

지나가는 것

나무 그늘에 앉아
지나가는 개미
지나가는 비둘기
지나가는 사람들을 바라본다

그들이 무슨 일을 하는지
무슨 생각을 하는지
내가 알 수는 없지만
모두가 저들처럼 열심히 살아야 할 텐데

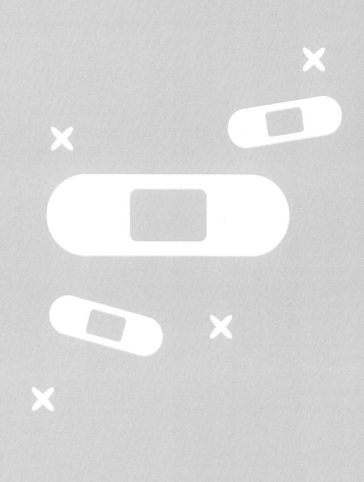

나에게 받는 상처

내 속엔 내가 두 명이다
매일 나에게 상처받는 나
그리고 아무렇지도 않은 나

매일 나에게 상처받는 나를 감추려
아무렇지도 않은 나를 세상에 내세운다

일상이 거짓인
존재 자체도 거짓인
아무렇지도 않은 나

매일 나에게 상처받는 나는
두려워 세상에 나오지 못하고
오늘도 나에게 상처받는 중이다

괜찮아

괜찮아
너는 지금 이대로도 아름다우니까

너는 지금 이대로도 소중하니까

지치고 힘들 땐
잠깐 쉬어도 괜찮아
소리 내서 울어도 괜찮아

마음에 담아두다가
무거워 아파하지 말고

언제든 소리 내도 괜찮아

모두에게

세상의 꼭대기에서 외친다
모두가 들을 수 있도록

자신을 감추지 말라고
자신 그대로도 아름답다고
상처받은 그대로도 개성 있다고

모두에게 소리 내도 괜찮다
드러내도 괜찮다고 전한다

물론 나에게도
그렇게 전해주고 싶다

너에게 난

네가 힘들 때
위로해줄 수 있는 존재로 남고 싶다

너에게 난
어떤 사람으로 남을까

적어도 네가
힘들지 않았으면 좋겠다

직접 위로 할 수는 없어도
멀리서라도 내 마음이 닿길
바라면서

나에게 너가
그런 사람으로 남았던 것처럼
이번엔 내가 그런 사람으로 남고 싶다

위로해줄 수 있는 존재
힘들 때 기댈 수 있는 존재

달맞이꽃

밤이 되면 달을 보려
꽃을 활짝 틔우는 달맞이꽃

은은한 달빛을 좋아하는 달맞이꽃

낮이면 뜨거운 태양에 못 이겨
고개를 숙이고 만다

빨리 극복해야 할 텐데
낮에도 고개를 들 수 있는
낮 달맞이꽃이 되어야 할 텐데

아직도 은은한 달빛만이 비추는
어두운 밤에 머무른다

소원

소원을 빌 수 있는 날에는
항상 같은 소원을 빈다

어린날의 순수한 소원은
이제 없다

어린날의 순수함보다는
좀 더 어른스럽고
깊이 있는 소원을 빌게 되었다

소원을 빌 수 있는 날
그런 날은 사실 없지만
그래도 이루어지길 바라며
진심을 다해 빌어본다

내 생각은 변할 기미가 안보였다
오랜시간 쌓아온 생각이
견고하게 그 자리에 굳어버렸다

굳어버린 생각을 제거하는건
힘들테니까

그 생각을 현실로 만들기 위해
최선을 다해야지

어떤 이야기

타닥타닥 키보드 두드리는 소리만 들린다
좋아하는 노래를 틀어놓은 이어폰을 끼고
키보드 위에 손가락만 바쁘게 움직인다

끊임없이 타닥소리만 들리다
소리를 잠깐 멈춘 후
주변을 둘러보다 다시 키보드에
손가락을 바쁘게 움직여 본다

나의 이야기,
나의 이야기가 아닌 것

지어낸 이야기,
사실인 이야기

가리지 않고 써가다 보면
어느새 새벽달이 빛나고 있다

잠들지 않은 새벽에
쓰던 것을 멈추고
잠시 생각 정리에 빠진다

슬픔에 잠긴다

슬픔에 잠긴다
나는 왜 이럴까 생각하며
저만치 밑에 가라앉는다

다시 떠오를 때까지는
시간이 걸린다

그게 내가 지금 해야 할 일이고
앞으로 계속 해야 될 일이다

자주 가라앉지 않게
헤엄치는 법도 익혀야 한다

힘들겠지만
가라앉은 다음의 나를
미워해서는 안 된다

당연한것이고
그런 모습마저도 나니까

왠지 모를 파도가 밀려오면
떠내려가게 내버려 두어야 한다
밀려오는 파도를 막으려다가
큰 상처를 입으면 안 되니까

비눗방울

큰 비눗방울을 만들어 하늘에 띄운다
금방 터져버릴 미래를 알지 못하고

비눗방울에 마음을 담아 하늘에 띄운다
금방 사라질 멀지않은 미래를 알지 못하고

비눗방울에 희망을 담아 하늘에 띄운다
금방 좌절될 미래를 알면서도

수없이 무너지고 수없이 망가져도
포기할 수 없었다

그렇게 오늘도 비눗방울을 띄운다

CHECK LIST

	행복해지는 방법
V	가위로 잘라내기
V	지우개로 지워버리기
V	불로 태워버리기
X	행복한가?
:(	

행복해지는 방법

아픈 기억들을 가위로 잘라낼 수 있다면
덜 고통스러울까

슬픈 생각들을 지우개로 지워버릴 수 있다면
슬픔을 덜어낼 수 있을까

망가진 날들을 불로 태울 수 있다면
난 행복할까

꿈

꿈은 가까이 있어도 잡기 어렵고
멀리 있으면 더 잡기 어렵다
우리는 그걸 잡기 위해
오늘도 끊임 없이 노력한다

작은 언덕에 힘없이 주저앉고
멍하니

'과연 내가 할 수 있을까'

끊임없이 되뇌인다

그럼에도 포기하지 않는 이유는
이게 우리의 전부이기 때문일까

수많은 감정들에 치여서
땅만 바라본다

치이고 치여서 어느새
가장 낮은 곳까지 와버렸다

여기선 더 갈 곳이 없는데
또 치이면 어떡하지

알아줬으면 좋겠다

버티지 못할 거면서
많은걸 손에 쥐려고 노력한다

아플 걸 알면서
포기하지 못하는데

아플 걸 알면서
손에 꼭 쥐고 놓지 않으려고 하는데

손에 쥔 것을 놓기에는
내 욕심이 컸나보다

아프지만
이 손에 쥔것을 꽉 쥐고
절대 놓지 않을 거란걸

알아줬으면 좋겠다

하늘의 높이

높고 높은 하늘을 바라본다
저기에 닿으려면 얼마나 더
힘들어야 할까

드넓은 세상에
모래알보다도 작은 나는
하늘에 닿으려면 얼마나 커져야 할까

내 탓

오늘도 어렵기만 한 일상에
괜히 남 탓을 해본다

매일매일 쉽지 않은 날이 없는데
이번엔 내 탓을 해본다

역시 내 탓이 맞는 거 같아

어려운이유는 내가 못해서가 맞는 거 같아

있으나 없으나

아름다운 하늘에 압박감을 느끼고
넓고 푸른 바다에 압박감을 느끼고
일상에 작은 것들에게 압박감을 느끼게 된다

세상이 아름다울수록
더욱 부담스러워진다

이 아름다운 세상에
이것도 아니고 저것도 아닌
어중간하고 아무것도 아닌 존재가 되면
있으나 없으나 똑같기 때문이다

이 아름다운 세상에
너무나 작고 초라한
상처 많은 망가진 존재가 되면
있으나 없으나 똑같기 때문이다

비교

흐르는 강물을 바라보다가
기분이 안 좋아졌다

강물도 저렇게 잘 흐르는데
난 왜 자연스럽게 흘러가지 못할까
왜 아무렇지 않게 흘려보내지 못할까
난 왜 그렇게 할 줄 아는 게 없을까

견고한 나무를 바라보다가
기분이 안 좋아졌다

한마디도 못 하는 나무도 저렇게 견고한데
난 왜 말도 할 수 있으면서 견고하지 못할까
왜 이리저리 흔들려서 견고하지 못할까
난 왜 그렇게 잘하는 게 없을까

한마디

거창한 것을 바라지 않는다
대단한 것을 바라지 않는다

그저 세상에 널리고 널린
뻔하디뻔한 위로가 필요할 뿐이다

많은 것을 바라지 않는다
그저 한마디만 해주면 된다

근데 사람들은 그게 어려운 걸까
뻔한 한마디조차도 해주지 못한다

그저 그런 한마디여도 괜찮은데

파란색

파란색이 우울한 색이라 다들 그런다
왜 그렇게 단정 짓는 걸까

파란색이면 안 되는 걸까
나는 파란색으로 남고 싶은데
사람들은 파란색은 너무 우울하다고
왜 그렇게 암울하게 사냐고 뭐라 그런다

나에게 파란색은 그런 색이 아닌데
아직 사람들은
푸른색의 아름다움을 모르는 것 같다

푸른색이 우울하고 암울한 색이라고
단정 짓는 게
이 세상의 시선일까

하늘이 높아서

하늘이 높아서
마음이 불안하다

하늘이 높아서
하루하루가 불안하다

하늘이 예뻐서
생각이 많아진다

하늘이 예뻐서
내가 초라해진다

하늘이 푸르고 고와서
하늘이 너무 높고 예뻐서

Chapter 4

petrichor

황혼의 시간

붉은빛과 보랏빛으로
물들어가는 황혼의 시간

하루가 끝나가는 황혼의 시간
작은 위로의 한마디를 건네며
태양을 보내고
달을 맞이할 준비를 하는 시간

서로는 서로에게 기대어
오늘 하루 힘들었던 이야기들을 꺼내며
대화가 오가는 시간

붉은빛과 보랏빛으로 물든 풍경을 바라보며
내일을 준비하는 시간

오늘 하루도 수고 많았다며
서로에게 웃으며 이야기하는 시간

아름다운 하루의 끝 황혼의 시간

별의 이름

별이 아름답게 빛나는 밤하늘에
중얼거리는 소리가 없힌다

누군가 별에게 이름을 지어주고 있다
너는 팬지, 너는 히아신스
너는… 페리윙클이 좋겠다

별들이 고마움의 표시로 더 밝게 빛난다

더 밝게 빛나는 별 덕분에 몽환적인 밤하늘이
한층 더 아름다워졌다

누군가 작은 힘으로
밤하늘의 풍경을 더 아름답게 만들었다

캔버스

캔버스 위에 물감을 아무렇게 칠해본다
그러고 나면

푸른색이 대부분을 차지하게 된다

이것도 나쁘지 않다

감정

기쁘면서 슬플 수 있고
슬프면서 놀라울 수 있고
놀라면서 기쁠 수 있다

세상의 모든 감정을 모아서
매번 새로운 감정으로 살아간다

미묘하게 다른 감정들을 나열해본다
이렇게나 다양한 감정이 있는데
그동안 나는 어떤 감정으로 살아왔는지
어떻게 몇 가지의 감정만으로 살아왔는지

CHECK LIST

	행복해지는 방법
X	가위로 잘라내기
X	지우개로 지워버리기
X	불로 태워버리기
V	행복한가?
:)	

행복해지는 방법

아픈 기억을 잘라내서 더 큰 상처가
생기기보다는 가만히 내버려 둬서
미래에 추억으로 생각될 수 있게 하는 게

슬픈 생각들을 지워버려서
소중한 시간들을 버리기보다는
모든 순간들의 생각을 간직하는 게

망가진 날들을 불로 태우기보다는
망가진 날들도 나의 일부니까
나의 일부로 내버려 두는 게

정말로 행복해지는 방법이 아닐까
어떤 나도 결국엔 나니까

Petrichor

잠시 발걸음을 멈추자
너무나도 익숙한
우리 동네의 풍경이 눈에 들어왔다

멍하니 서서 생각했다
나 혼자 이 동네를 벗어난 적이 있었던가

가끔은 혼자서 새로운 곳으로 가고 싶다고
생각하기도 한다
이것마저 그저 그런 망상이지만

무섭도록 똑같이 반복되는 하루하루에
이런 생각들까지 없으면
너무나 삭막한 인생이기에
오늘도 잠시 발걸음을 멈추고 생각에 잠긴다

잠시 고개를 들어 창문 밖을 바라보자
계절마다 바뀌는 풍경이 눈에 들어왔다

지금은 창문밖 풍경이 푸르른 계절이다

타닥타닥

창문을 두드리는 빗소리가 들려온다

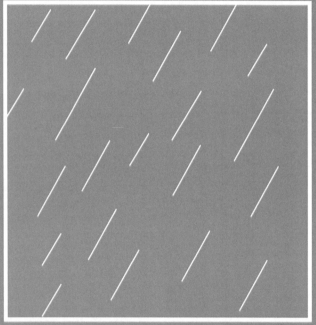

그럼 하던일을 멈추고 창밖을 바라본다

그러고선 비가 옴에도 불구하고 창문을 열어둔다
듣기 좋은 빗소리와 시원한 바람, 비에 젖은 흙내음이
또다시 나를 생각에 잠기게 만든다

하늘이 높아서

하늘이 높아서
마음이 편안하다

하늘이 높아서
하루하루가 편안하다

하늘이 예뻐서
생각이 많아진다

하늘이 예뻐서
기분이 좋아진다

하늘이 푸르고 고와서
하늘이 너무 높고 예뻐서
존재의 의미가 생긴 것 같다

눈이 오는 날

집을 나서며 보니
흰 눈이 창밖에 가득 내려 있었다

보득보득 눈을 밟으며
미끄러지지 않게 조심한다

멀리서 오는 네가 보인다
너는 뭐가 그리 반가운지
급하게 뛰어오다가
결국 눈에 미끄러져 넘어진다

뭐가 그렇게 좋은지
웃기만 한다

그 웃음에 나도 모르게 기분이 좋아진다
아마 오늘 하루도 웃음 덕분에 좋을 것이다

길게만 느껴졌던 하루는
아름답고도 참 슬프다

차가운 새벽이 끝나고
멀리 조금씩 깨어나는 태양을 바라본다

정신을 차리자마자 들려오는 새소리가
아침이라는 것을 알린다

오늘도 길게만 느껴지는 하루를 시작해본다
창문을 열고
상쾌한 아침 바람과 얼굴을 마주한다

아직 비몽사몽 하지만 언제 봐도 아름다운
푸르른 아침 하늘을 바라본다

한없이 높은 하늘에 언젠간 닿을 수 있을까

여전히 비몽사몽하지만 힘차게 현관문을 나선다
하늘을 생각하며
길게만 느껴지는 하루를 끝내러 간다

나뭇잎 사이사이로 내린 빛살이
간간히 나를 비춘다

오늘도 슬픈 하루겠지만
내가 어떻든 아름답게 빛나는
햇빛을 마주보며
체념하듯 얕은 한숨을 내쉰다

이 긴 하루가 언제 끝날까
내일은 또 얼마나 기나긴 하루가 찾아올까

오늘은 얼마나 아름다울까
또 얼마나 아플까, 얼마나 슬플까

꽃이 피고 지는 수많은 계절 중에
오늘은 어떤 날이 될까

머나먼 미래 내 하늘에게 닿는 날은
어떤 날이 될까

작가의 말

이 책은 중2병이 제대로 찾아와버린
평범하진 않고 어딘가 이상한 중학생의
중2 감성 낭낭한 이야기들로 만들어졌습니다
4시, 5시까지 작업하느라 정말 골 썩었는데요
그래도 반듯하게 완성해 냈습니다 :)
책을 읽으시면서 어떤 잡생각을 하셨을지 궁금하네요

지금을 틈타 친구들에게 고맙다는 말을 전하고 싶네요
본문에도 등장했던 피아노 치는 친구, 그 외에도
엉뚱한 대답만 하는 친구, 신기한 대답을 하는 친구
등등 모든 친구들에게 친구 해줘서 고맙다는 인사를
전합니다 :)

이 책이 여러분에게 심심하게나마 위로가 되고
도움이 될진 모르겠지만 도움이 되었으면 좋겠네요

또 이 책을 읽고 중2 감성도 나름 나쁘지 않다고
느끼셨으면 좋겠네요

아직은 부족한 실력이지만 정말 열심히 만들긴 했네요
여러분도 지금 하고 있는 일들 포기하지 마시고
열심히 하셨으면 좋겠네요 :)
제가 여러분들의 하루하루를 응원해 드립니다
그럼 저도 이만 여기서 마치겠습니다
책을 재미있게 읽으셨다면 생각날 때 가끔 꺼내서
읽어주셨으면 좋겠습니다! :D

- 2022년 6월
평범하진 않은 중학생 고다경

길게만 느껴졌던 하루는
아름답고도 참 슬프다

발행 | 2022년 08월 01일
지은이 | 고다경
디자인 | 고다경

펴낸이 | 한건희
펴낸곳 | 주식회사 부크크
출판사등록 | 서울특별시 금천구 가산디지털1로 119 SK트윈타워 A동 305호
전화 | 1670-8316
이메일 | info@bookk.co.kr

ISBN | 979-11-372-9053-2

www.bookk.co.kr

작가 인스타그램 | @dakyoung325_dk
작가 이메일 | kimgyedan234@gmail.com

이 책의 본문은 네이버에서 제공한 나눔글꼴로 쓰여졌습니다